Philosophe de formation, Christine Doyen a été professeur de morale. Depuis 2008, dans le cadre de son entreprise « Une fenêtre ouverte sur la Vie... », elle organise des ateliers individuels de développement personnel et des ateliers collectifs d'écriture.

Écrire, c'est...

Christine Doyen

Écrire, c'est...

© 2020 Christine Doyen/Christine Doyen

Edition : BoD - Books on Demand
12/14 rond-point des Champs Elysées
75008 Paris
Imprimé par BoD – Books on Demand, Norderstedt
ISBN : 978-2-3222-4206-1
Dépôt légal : Septembre 2020

À Dominique Van Cotthem, à nulle autre pareille
pour concevoir l'écrin où mettre en valeur
l'écriture

Écrire c'est effeuiller une rose
au seuil de rendre l'âme
en sacrifice
au mystère du cœur des choses.

Écrire c'est
dialoguer avec l'autre
si présent en son absence.

Écrire c'est l'oubli du corps
dans la tension têtue
qu'exercent les mots à naître.

Écrire c'est dire
le chant volatil de l'âme
les contractions poignantes du cœur
les maladresses aimantes du corps.

Écrire c'est
dessiner au fusain
l'ombre qui donne à voir
la profondeur de la platitude.

Écrire c'est écouter
les histoires
qui se disent au-delà
de ce qui s'écrit.

Écrire c'est attendre
ce qui viendra se murmurer
au creux de la disponibilité silencieuse
des petits matins tôt levés.

Écrire c'est un deuxième regard
qui s'attarde
jusqu'à
rendre l'ordinaire admirable.

Écrire c'est répondre
à celui-là qui
a fait cadeau de son ivresse à vivre
en l'écrivant.

Écrire c'est rendre audible
ce qui se dit
quand tout se tait.

Écrire c'est s'adonner
à la passion dévorante de l'exigence
du peu de mots.

En apparence, écrire c'est
gribouiller d'innocents jambages
en réalité
ces ouvertures anodines
ont une puissance de captation irréversible
digne d'un trou noir.

Écrire s'écrit
même
la plume en suspension.

Écrire c'est
ne rien laisser sur terre
le jour du grand départ sans regret.

Écrire c'est
tracer des itinéraires
où se croisent les poètes.

Écrire c'est se donner le temps déambulatoire
où prendre le risque
de rencontrer
au détour d'une pensée
un mot
qui peut-être donnera naissance
à un texte inspiré.

Écrire
n'est pas cogiter
mais
contempler.

En écriture
comme en amour
il faut
faire confiance
à l'attraction initiale.

En écriture
forcer les retrouvailles
c'est trahir.

Écrire pour
consoler
ce monde impardonné.

Écrire en écho
poétique
aux quatre points cardinaux.

Écrire c'est
s'arrimer au radeau des mots
pour survivre
aux tempêtes de nos humeurs.

Écrire
un horizon féminin
où
s'anéantir.

Écrire c'est fusionner
en une seule quête
l'infinité
des inspirations.

Écrire c'est
arrêter le regard
jusqu'à
la vision.

Écrire c'est
se jouer
du temps.

Écrire c'est
tremper sa plume
dans
l'entre-deux
de l'inspire et de l'expire.

Écrire
c'est dire
« je t'aime »
d'une manière directe
ou
d'une autre opposée.

Écrire
pour que
l'inutile retrouve
ses lettres
de noblesse.

Écrire
sans attente
est un acte de foi.

Écrire pour
s'unir
à la communion
silencieuse et captivée
des écrivants.

Écrire pour
que le cœur se gonfle
tous battements
expansés.

Écrire
tout ouïe.

Écrire
toutes ailes
déployées.

Écrire c'est
s'abîmer
à la devanture des métaphores
pour choisir
la parure
la plus digne de l'aimée.

Écrire c'est
s'offrir
le temps suspendu
de
l'amoureux.

Écrire c'est
devenir
capitaine au long cours
à la proue
du vague à l'âme.

Écrire c'est
écouter l'indicible
et
partir
à la folle conquête
de
l'innommable.

Écrire sauve
de la
préoccupation
prosaïque et aliénante
de rentabiliser
le temps à bon escient.

Écrire c'est
échapper à la cacophonie
du mental.

Écrire c'est
remettre sur les rails
la pensée qui
déraille.

Écrire pour
noter noir sur blanc
qu'il n'y a rien
à faire.

Écrire, c'est
suivre d'un cil
l'onde d'une pensée.

Écrire
l'inclinaison
du regard qui
tamise l'intimité.

Ce qui est à l'aube de s'écrire
se révèle
à l'horizon des yeux fermés.

Écrire, c'est
s'émouvoir
des soupirs furtifs de l'écriture
qui se rêve.

Écrire, c'est
flâner aux doux vallons
de l'écrit.

Écrire, c'est
une plume-sentinelle
à la lisière
de l'inspiration.

Écrire, c'est
accorder son pas
à la marche
des syllabes qui s'entre suivent.

Écrire, c'est
donner le la
au chœur des mots.

Écrire, c'est désamorcer
la violence
du mot isolé.

Écrire, c'est desserrer
les mâchoires
du silence obstiné.

« Une fenêtre ouverte sur la Vie... »

Déjà parus :

Contes de la femme intérieure
éd. Entre-vues & Cedil 1998

D'amours...
éd. Une fenêtre ouverte sur la Vie... 2008

Il était une fois le désert
éd. Une fenêtre ouverte sur la Vie... 2009

Rouge
éd. Une fenêtre ouverte sur la Vie... 2013

Petits textes qui tiennent la route, ou pas...
éd. BoD 2020

Ellipses ci et là
éd. BoD 2020

Éclats de vies...
éd. BoD 2020

S'il te plaît, raconte-moi une histoire...
éd. BoD 2020

Journal intime et poétique d'un confinement contraire aux usages
éd. BoD 2020

Dans le cadre de :
« Une fenêtre ouverte sur la Vie... »
Christine Doyen organise
Des ateliers individuels de développement personnel.

Contact : 04 366 09 55

Des ateliers collectifs d'écriture.

Contact : 0472 74 86 73
christine-doyen@hotmail.fr

Photo de couverture, Morgane Pire